BIBLIOTHÈQUE DES ÉCOLES CHRÉTIENNES

FRANÇOISE

OU

LA JEUNE INDIENNE

HISTOIRE DES PREMIÈRES ANNÉES DE LA VIE D'UNE FEMME CÉLÈBRE

PAR STÉPHANIE ORY

TOURS

A^d MAME ET Cie, IMPRIMEURS-LIBRAIRES

BIBLIOTHÈQUE

DES

ÉCOLES CHRÉTIENNES

APPROUVÉE

Par Mgr l'Archevêque de Tours.

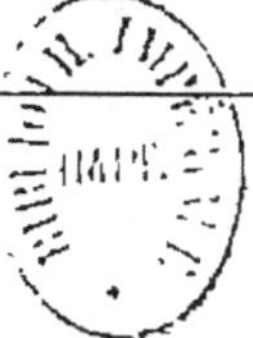

FRANÇOISE

OU

LA JEUNE INDIENNE

HISTOIRE DES PREMIÈRES ANNÉES DE LA VIE
D'UNE FEMME CÉLÈBRE

PAR STÉPHANIE ORY

TOURS

A^d MAME ET Cie, IMPRIMEURS-LIBRAIRES

1859

FRANÇOISE

I

« Bonne maman, disaient un soir Jeanne et Clotilde de Tourville à leur grand'mère, Mme de Civray, racontez-nous donc une de ces jolies histoires comme vous le faisiez autrefois, avant notre entrée en pension. Vous savez combien nous aimions à écouter ces récits ; eh bien, l'espoir de les entendre en-

core nous faisait plus vivement dé-
sirer le retour des vacances que nous
devions passer auprès de vous.

— Je le veux bien, mes enfants,
répondit Mme de Civray; seulement
vous êtes aujourd'hui presque de
grandes filles : Jeanne vient d'avoir
treize ans, et Clotilde en aura bientôt douze ; des contes de fées,
comme *le Petit Poucet*, *la Barbe-
Bleue*, ou *la Belle au bois dormant*,
que je vous racontais autrefois, ne
sauraient convenir à votre âge, et
je pense qu'une histoire vraie, mais
dont les événements offriraient autant de variété que d'imprévu, aurait pour vous plus d'attrait que les
contes les plus merveilleux inventés

par l'imagination la plus féconde.

— Oh! bien certainement, bonne maman, s'écrièrent ensemble les deux sœurs.

— Et quelle est cette histoire? demanda Jeanne.

— C'est celle de l'enfance d'une femme célèbre, qui, après avoir éprouvé les plus cruelles vicissitudes de la fortune, s'est vue appelée, par son mérite, ses talents et sa vertu, à la plus haute position sociale à laquelle une femme de sa condition pouvait aspirer.

— Et comment s'appelle cette femme illustre? interrogea Clotilde.

— Je vous dirai plus tard le nom qu'elle porta dans l'histoire; pour le

moment je ne l'appellerai que Françoise ou *la jeune Indienne*, nom
sous lequel elle fut connue à Paris
quand elle parut pour la première
fois dans le monde. Maintenant,
sans autre préambule, j'entre en
matière.

« Il y avait une fois..... allons,
voilà que je vous commence une
histoire véritable comme un conte
de Perrault; ce que c'est que l'ha-
bitude !... C'est égal, la forme du dé-
but n'empêchera pas le récit d'être
vrai, et puisque j'ai commencé, je
continue:

« Il y avait une fois, c'est-à-dire
en 1635, un gentilhomme poitevin,

nommé Constant d'A....., baron de Surineau, que sa mauvaise conduite et des raisons politiques avaient fait enfermer dans la prison de Niort. Sa femme, qui appartenait aussi à une noble famille, car elle était fille du sire de Cardillac et de Louise de Montalembert, avait voulu partager le sort de son mari et l'accompagner en prison, pour lui adoucir les rigueurs de la captivité.

« Deux enfants, deux petits garçons, étaient déjà nés de cette union, lorsque la baronne mit au monde une fille, dans la conciergerie de Niort, le 27 novembre 1635.

— Tiens, il y a juste deux cent dix ans, observa Jeanne.

— Moins deux mois, ajouta Clotilde, car nous ne sommes qu'au mois de septembre 1845. Ce devait être, si je ne me trompe, dans le commencement du règne de Louis XIV.

— Si tu te trompes! mais bien sûr que tu te trompes, ma sœur, reprit en riant Jeanne, car Louis XIV n'a commencé à régner qu'en 1643, et il n'avait alors que cinq ans. Ainsi il n'était pas même encore né à l'époque dont parle bonne maman.

— Non, dit Mme de Civray, car il est né seulement en 1638. Ainsi vous pouvez déjà remarquer qu'il avait trois ans de moins que la petite fille née dans la prison de Niort.

Maintenant que voilà un point de chronologie parfaitement éclairci, revenons à notre histoire.

« Dès le lendemain de sa naissance, la fille du prisonnier fut baptisée et reçut le nom de Françoise, du nom de son parrain François, comte de La Rochefoucault, gouverneur du Poitou; sa marraine était Susanne de Baudéan, fille du baron de Neuillant, gouverneur de Niort. Vous voyez, mes enfants, que, malgré sa disgrâce, le baron de Surineau jouissait encore d'une certaine considération dans la haute noblesse du pays; il est vrai qu'il la devait moins à lui-même qu'à sa famille, et surtout à sa femme, dont

les qualités, les vertus et le dévoue-
ment avaient mérité l'estime géné-
rale.

« Mais ces témoignages de considération n'empêchaient pas le jeune
ménage d'être tombé dans le dénû-
ment le plus absolu. Le baron, avant
d'être mis en prison, avait mangé
dans de folles dépenses, et surtout
au jeu, une fortune considérable.
La naissance d'une fille, qui dans
toute autre circonstance eût comblé
leurs vœux, ne faisait qu'ajouter à
leur misère.

« Sur ces entrefaites, ils reçurent
la visite de Mme de Villette, sœur du
baron. Elle savait bien que son frère
n'était pas dans l'aisance, mais elle

était loin de se douter que lui et
sa famille fussent en proie à toutes
les horreurs de l'indigence. Aussi,
quand elle vit ce frère qu'elle aimait,
pâle, exténué par le manque d'ali-
ments, et comme fou de désespoir;
ses deux petits garçons n'ayant que
des haillons pour vêtements; une
petite fille de deux jours que la mère
éplorée ne pouvait nourrir parce que
la misère et la faim avaient tari son
lait, et qui n'avait pas de quoi payer
une nourrice; quand elle vit, dis-je,
tout cela, son cœur fut déchiré de
douleur et de compassion. Elle pour-
vut aux plus pressants besoins de
son frère et de sa belle-sœur, et elle
emmena les trois enfants au château

de Murçay, qui était dans le voisinage de Niort, où elle résidait. Elle donna à la petite Françoise la même nourrice qu'à sa fille, Mlle de Villette, qui fut depuis Mme de Sainte-Hermine.

« Quelque temps après, le prisonnier fut transféré au Château-Trompette, à Bordeaux. Sa femme, qui le suivait dans sa nouvelle prison, ne put supporter l'idée de vivre éloignée de sa fille chérie. Elle la redemanda à Mme de Villette, qui s'y était attachée, et qui ne la rendit qu'avec peine.

« Ce fut dans cette forteresse que la petite Françoise passa les premières années de sa vie, n'ayant pour se livrer à ses ébats qu'une cour triste entourée de hautes murailles qui la rendaient plus triste encore, et pour camarades de son âge et de son sexe que la fille du concierge de la prison.

« Un jour que Françoise jouait avec cette petite fille, celle-ci lui montra un petit ménage d'argent en lui disant : « Voyez le joli ménage que mon père m'a acheté; vous êtes trop pauvre pour en avoir un pareil. — Cela est vrai, répondit Françoise, mais je suis *demoiselle*, et vous ne l'êtes pas. »

« Pour vous faire comprendre, mes enfants, la signification de cette réponse, il faut que vous sachiez

que dans ce temps-là la qualification
de demoiselle ne se donnait qu'aux
jeunes personnes de familles nobles.
Ainsi, c'est comme si elle eût dit:
« Je conviens que je suis pauvre et
que vous êtes riche, mais je suis
noble et vous ne l'êtes pas. »

— Ne trouvez-vous pas, bonne
maman, dit Jeanne, que, dans une
enfant de trois à quatre ans, cette
réponse annonce déjà une bonne
dose de vanité?

— Et moi je n'y vois, reprit Clotilde, qu'une fierté justement bles-
sée par la remarque insolente et
grossière de la petite concierge.

— Clotilde a raison, dit Mme de
Civray; un enfant qui, sans motif

et à tout propos, se vanterait de
la noblesse de sa naissance, ferait
preuve d'une vanité fort ridicule;
mais ici la petite Françoise laissait
simplement entrevoir le sentiment
de sa propre dignité, sentiment qui
resta le fond de son caractère et le
secret de sa conduite.

II

« Enfin, en 1639, la femme du prisonnier, à force de sollicitations, obtint l'élargissement de son mari, à condition qu'il se ferait catholique.

« J'ai oublié de vous dire, mes enfants, que le baron appartenait à une famille calviniste. Son père avait été un des plus fidèles compagnons de Henri IV pendant qu'il était roi de Navarre, et quand il travaillait à reconquérir son royaume de France; mais il avait quitté son service, comme tant d'autres huguenots zélés, quand il avait vu ce prince se convertir à la religion catholique. Quant au baron son fils, quoique élevé dans la religion calviniste, il était loin de partager l'enthousiasme de son père pour les doctrines de Calvin. Ces doctrines avaient produit sur son esprit l'effet qu'elles sont appelées à produire généralement, c'est-à-dire le scepticisme et l'irréligion; aussi, l'une ou l'autre religion lui était parfaitement indifférente, et il ne fit nulle difficulté d'accepter la condition imposée à sa mise en liberté. D'ailleurs sa femme était fervente catholique, et il l'avait laissée parfaitement libre de faire baptiser ses enfants d'après les rites de l'Église catholique.

« Mais si son changement public de religion lui rendait la liberté, il ne lui donnait pas l'aisance, et son père refusa tout secours à ce fils qu'il appelait apostat. Celui-ci résolut alors d'aller en Amérique chercher à refaire la fortune qu'il avait follement dissipée en Europe.

« A cette époque on commençait à fonder à la Martinique des établissements coloniaux qui prospéraient avec rapidité. D'Esnambuc, gouverneur de Saint-Christophe, avait abordé à la Martinique en 1635, et avait obtenu des indigènes la concession de toute la partie méridionale et occidentale de l'île. La fertilité du sol y avait bientôt attiré de nombreux colons, dont les efforts couronnés de succès avaient dû appeler de nouveaux émigrants. Le baron fut de ce nombre, et il s'embarqua avec sa femme, le plus jeune de ses fils et sa fille.

« Pendant la traversée, la petite Françoise tomba dangereusement malade. Au bout de quelques jours elle s'affaiblit peu à peu et finit par ne donner aucun signe de vie. On la crut morte. Déjà on avait fait les préparatifs de ses funérailles. La cérémonie funèbre à bord d'un navire est fort simple et bientôt terminée. On attache un boulet au cadavre pour le faire descendre à fond; l'aumônier du navire récite les prières des morts, et quand il a prononcé le dernier *requiescat in pace*, on fait basculer une planche sur laquelle est posé le corps; il glisse et tombe dans les flots; au même moment un coup de canon est tiré, l'Océan se referme sur sa proie, et tout est fini.

« On allait donc procéder à cette triste cérémonie, quand la mère au désespoir prit son enfant dans ses bras, la couvrit de baisers en remplissant l'air de ses gémissements.

Pour mettre un terme à cette scène pénible, le baron arrache presque de force à la mère l'enfant dont la mort et la présence irritent son désespoir; il va la remettre à un matelot chargé d'attacher le boulet qui doit entraîner ce petit corps au fond des mers. La baronne cesse de pousser des cris; elle demande en grâce, les mains jointes, qu'on lui permette au moins de donner un dernier baiser à son enfant. On n'ose lui refuser cette triste faveur. Mais, ô miracle! au contact de ce baiser maternel, l'enfant fait un mouvement imperceptible pour tout autre, mais que sa mère a senti. « Ma fille n'est pas morte! s'écrie-t-elle aussitôt;

voyez, son cœur bat encore! » Le baron reconnaît qu'effectivement ce n'est point une illusion de la mère. On s'empresse de replacer l'enfant dans son lit ; les soins les plus affectueux lui sont prodigués, elle revient à elle peu à peu, et au bout de quelques jours elle a complétement recouvré la santé...

— Oh! bonne maman, dit Jeanne en interrompant sa grand'mère, votre récit m'a fait frissonner. Combien cette pauvre mère a dû souffrir!

— Et combien, ajouta Clotilde, sa fille a dû l'aimer, car elle lui devait deux fois la vie! Mais il y a vraiment là quelque chose de miraculeux; qu'en pensez-vous, bonne maman?

— Je le crois comme toi, mon enfant. C'était aussi la pensée de Françoise quand elle fut en âge de comprendre le danger auquel elle avait échappé; et un jour qu'elle racontait cet événement en présence de l'évêque de Metz, ce prélat lui dit : « On ne revient pas de si loin pour peu de chose. »

« Ce n'était pas le seul péril auquel elle devait être exposée pendant la traversée. A peine était-elle rétablie de sa maladie, que le bâtiment fut sur le point d'être attaqué par un corsaire anglais. L'équipage était dans les plus vives alarmes, car il n'était pas de force à lutter contre le corsaire; le baron s'abandonnait au désespoir en voyant s'évanouir sa dernière ressource ; sa femme priait avec ferveur, et elle avait suspendu à sa ceinture un grand chapelet, comme pour lui servir d'arme défensive. Leur fils, un peu plus âgé que Françoise, pleurait à chaudes larmes, et sa sœur, avec l'insouciance de son âge et l'ignorance du danger, lui disait pour le consoler : « Pourquoi pleurez-vous ? tant mieux, si nous sommes pris; nous ne serons plus grondés par notre mère. » Heureusement ce n'était qu'une fausse alerte; le corsaire s'éloigna, et le bâtiment qui portait nos nouveaux colons arriva sans encombre à sa destination.

« Le baron s'établit au quartier du Prêcheur à la Martinique. Il y acquit de vastes plantations. Ses premiers travaux furent si heureux, que sa femme, qui, peu d'années auparavant, ne possédait pas de quoi payer une nourrice pour allaiter sa fille, avait maintenant vingt-quatre négresses à son service.

« Cette prospérité ne dura pas longtemps. La baronne revint en France avec ses deux enfants, afin de poursuivre des procès et la rentrée de quelques créances. N'ayant rien pu terminer, elle se hâta d'aller rejoindre son mari; mais, pendant

son absence, la malheureuse pas-
sion du jeu s'était réveillée chez lui
avec une nouvelle fureur; il avait
joué et perdu tout ce qu'il possédait
dans la colonie.

« Sa femme supporta ce nouveau
malheur avec courage et sans adres-
ser de reproches à son mari. Il ne
leur restait pour vivre que les faibles
appointements d'une lieutenance
que le baron avait obtenue dans un
village de la Martinique. Confinée
dans cette retraite, cette femme
courageuse, et d'une vertu austère,
se livra tout entière à l'éducation
de ses enfants, surtout de sa fille,
qui déjà donnait d'heureuses espé-
rances. Elle lui faisait lire dans Plu-

tarque l'histoire des grands hommes
de l'antiquité, et, pour l'habituer à
réfléchir, elle l'obligeait à rendre
compte de ses lectures, et lui pres-
crivait de petites compositions, surtout des lettres, qu'elle écrivait déjà
avec beaucoup de facilité.

« C'est ainsi qu'elle se forma de
bonne heure au style épistolaire,
dans lequel elle n'a trouvé personne
qui l'ait surpassée, si ce n'est Mme de
Sévigné.

« Sa mère était pour elle la meilleure leçon de vertu, et plus in-
structive que celles qu'elle lisait dans
les livres. La baronne avait le sérieux que donne quelquefois le malheur ; mais elle supportait les revers

avec courage, comme elle avait sup-
porté avec résignation les vices de son
mari, et elle voulut accoutumer de
bonne heure ses enfants à ne pas s'af-
fliger outre mesure des coups de la
fortune. Le feu prit un jour à son
habitation; voyant sa fille pleurer
avec amertume, elle lui dit d'un ton
de reproche : « Françoise, je vous
croyais plus de courage; faut-il donc
se lamenter ainsi pour la perte d'une
maison? — C'est bien la maison que
je pleure! répondit vivement l'enfant. — Et qu'est-ce donc? — C'est
ma poupée. »

III

« Avec l'ordre et l'économie que
la baronne avait établie dans la maison, les appointements de la place
occupée par son mari étaient suffi-
sants pour faire vivre sa petite famille, sinon avec luxe, du moins
honorablement. L'âge, les exemples
de sa femme, le remords de ses
fautes semblaient avoir guéri le
baron de ses mauvaises habitudes.

Sa vie était devenue régulière; il songeait sérieusement à refaire encore une fois sa fortune, et il y aurait peut-être plus facilement réussi que la première fois, quand la mort vint le surprendre tout à coup et replonger sa malheureuse famille dans la dernière désolation.

« Sa veuve revint en France plus pauvre qu'elle n'en était partie. La petite Françoise avait alors neuf à dix ans. Sa mère, réduite à peu près à la misère, vécut du travail de ses mains et se fatigua à poursuivre les restes de la fortune de son mari, soit pour en arracher quelques débris à ses créanciers, soit pour rentrer dans la baronnie de Surineau, qui avait été aliénée pour dettes.

« Pendant ce temps, et pendant les démarches et les voyages que nécessitaient ses affaires, la baronne confia de nouveau sa fille à Mme de Villette, sa belle-sœur, qui avait eu soin de sa première enfance, et qui, dès qu'elle avait appris le retour en France de cette enfant, avait demandé à l'avoir auprès d'elle. La baronne ne céda qu'à regret au désir de sa belle-sœur, car elle craignait pour la religion de sa fille, Mme de Villette étant calviniste, comme toute sa famille. D'un autre côté, la nécessité la contraignait à ce sacrifice ; elle était hors d'état de pourvoir à la nourriture et à l'entretien de cette enfant; c'était en quelque sorte une question d'existence pour elle. Enfin, elle cherchait à se rassurer en se disant que, si Mme de Villette voulait instruire sa nièce dans les principes de la religion protestante, ces principes ne sauraient prendre une racine bien profonde dans un esprit aussi jeune; qu'elle connaissait trop bien le bon sens naturel et la raison de son enfant pour ne pas être convaincue que sa mère parviendrait facilement à effacer les sophismes qui auraient pu faire quelque impression sur sa fille.

« Elle ne tarda pas à se convaincre de son erreur, et à se repentir d'avoir mis le salut de sa fille en danger.

« La baronne, comme nous l'avons dit, était sérieuse ; elle avait dans la physionomie quelque chose de froid et de sévère, plus propre à inspirer la crainte et le respect que l'affection et la confiance. Quoiqu'elle aimât beaucoup ses enfants, et surtout sa fille, jamais elle ne les entourait de ces tendres caresses qui peuvent, il est vrai, quand elles sont trop prodiguées, gâter parfois les enfants, mais qui, accordées dans une juste mesure, touchent leur cœur et éveillent leur affection.

« Mme de Villette, au contraire, était souriante, affable et caressanté pour ses enfants; elle traitait sa nièce Françoise comme si elle eût été sa propre fille. L'enfant répondit bientôt à ces marques de sympathie par un attachement sincère pour sa tante.

« Mme de Villette ayant ainsi gagné le cœur de sa nièce, il lui devint facile de lui faire adopter ses idées et ses croyances religieuses : on est volontiers porté à suivre les opinions de ceux qu'on aime, surtout quand l'esprit n'est pas encore assez éclairé pour avoir des convictions arrêtées.

« Françoise se trouva bientôt disposée à embrasser une religion pour laquelle ses pères avaient combattu ; sa faible raison s'ouvrit à toutes les impressions que sa tante lui donna, et comme elle était incapable d'un attachement médiocre, elle se passionna promptement pour le calvinisme.....

— Bonne maman, interrompit Clotilde, permettez - moi de vous dire que jusqu'ici je m'étais beaucoup intéressée à Françoise, mais que je ne saurais lui pardonner de s'être faite protestante.

—Mais, ma sœur, reprit Jeanne, n'as-tu pas entendu ce qu'a dit bonne maman de la situation où se trouvait cette pauvre petite ? cela doit bien, il me semble, excuser sa conduite.

—Eh bien, moi, je trouve que cela

l'explique si tu veux, mais que cela ne l'excuse pas, répliqua Clotilde avec vivacité. J'ai à peu près l'âge qu'avait Françoise à cette époque, et je le sens, j'en ai la conviction, aucune considération, aucune caresse, pas plus qu'aucune menace ne pourraient me faire renoncer à la religion catholique, dans le sein de laquelle j'ai eu le bonheur de naître et d'être élevée.

— J'aime à te voir dans ces sentiments, ma chère Clotilde, reprit Mme de Civray, mais il ne faut pas en tirer vanité; il faut en remercier Dieu, qui te les inspire et dont la grâce seule pourrait te soutenir si tu étais appelée à subir les épreuves

que tu te dis si certaine de pouvoir
braver. Il faut aussi le remercier
d'avoir été éclairée de bonne heure
des vérités de sa religion, et plaindre,
avant de les blâmer, les pauvres enfants qui n'ont pas eu le même avan-
tage que toi. Ainsi Françoise, que tu
condamnes d'avoir embrassé si facilement le protestantisme, avait-elle
reçu une instruction religieuse suf-
fisante pour distinguer l'erreur de la
vérité? Ce que nous connaissons de
son histoire suffit pour me faire répondre que non. Sans doute sa mère,
fervente catholique, lui avait appris
à connaître Dieu, à l'aimer, à le
prier ; mais elle s'était bornée à
l'exercer aux pratiques du culte,

sans lui enseigner les grandes vérités sur lesquelles repose notre foi.
Était-ce le temps qui lui avait manqué, au milieu de la vie errante et
agitée qu'elle menait ? Il ne le paraît
pas, puisqu'elle avait trouvé le loisir
de lui faire faire des lectures profanes,
et de l'exercer à des compositions
littéraires. Ou bien se défiait-elle de
ses propres lumières, et ne voulait-
elle confier qu'à un ecclésiastique
cette partie si importante de l'en-
seignement ? A cet égard, nous ne
pouvons former que des conjectures ;
mais ce qu'il y a de certain, c'est
que la pauvre enfant n'était pas suf-
fisamment armée pour résister aux
attaques de l'erreur.

— Est-ce qu'elle est toujours res-
tée calviniste? demanda Clotilde.

— Tu es un peu impatiente, mon
enfant; écoute la suite de l'histoire,
et tu le sauras.

« Mme de Villette, religion à part,
était une femme vertueuse et très-
charitable. Elle faisait souvent de
grandes aumônes, et dans ces oc-
casions elle chargeait Françoise de
distribuer les secours qu'elle donnait
aux indigents, afin de l'accoutumer
de bonne heure à compatir à l'infortune d'autrui et à soulager elle-
même les malheureux.

« Ces bonnes œuvres inspiraient
à Françoise une profonde vénération pour sa tante, comme les soins

tendres et maternels qu'elle en recevait, et auxquels elle avait été si peu accoutumée, lui inspiraient une véritable tendresse filiale. Peut-on s'étonner après cela qu'elle montrât tant d'attachement pour une religion que professait une personne si bonne et si charitable? »

IV

« Cependant la baronne , qui
habitait Niort et qui ne voyait que
rarement sa fille , ne se doutait pas
qu'elle eût embrassé si ardemment
les nouvelles croyances. Un jour que
Françoise était venue voir sa mère,
celle - ci voulut la conduire à la
messe ; Françoise refusa d'abord
opiniâtrément de l'y suivre. « Vous
ne m'aimez donc pas ? lui dit sa

mère. — Pardon, répondit l'enfant, je vous aime; mais j'aime encore plus mon Dieu. » Il fallut pourtant aller à l'église. Voici comment elle-même a raconté ce qui s'y passa :

« Ma mère voulut me forcer à me mettre à genoux devant l'autel, mais moi aussitôt j'y tournai le dos; autant de fois qu'elle m'y remettait, je me retournais de suite, et sa violence ne faisait que m'opiniâtrer. Comme j'étais persuadée que c'était idolâtrer que d'adorer Jésus-Christ dans l'hostie, je me serais laissé tuer plutôt que de demeurer dans cette posture. »

« La baronne, justement alarmée, aurait bien voulu conserver sa fille chez elle ; mais les mêmes obstacles qui l'avaient forcée de la confier à Mme de Villette subsistaient encore avec plus de force. Elle s'adressa à Mme de Neuillant, sa parente, dont la fille avait tenu Françoise sur les fonts baptismaux ; elle lui peignit le danger que courait son enfant, et la supplia de l'aider à la retirer de la voie de perdition dans laquelle elle était engagée.

« Mme de Neuillant était catholique zélée, et de plus fort riche. Elle ne fit aucune difficulté de s'engager, à la place de Mme de Villette , à prendre chez elle la petite Françoise et à la faire élever dans la religion catholique. La baronne s'empressa de redemander sa fille à sa belle-sœur; mais celle-ci, qui prévoyait probablement les intentions de la mère, éluda ses instances, d'abord par des prétextes, et ensuite par un refus.

« Mme de Neuillant, qui tenait à arracher cette enfant à l'hérésie, s'adressa à la reine mère, et obtint, en se prévalant de ce que Françoise était née de parents catholiques, un ordre de la cour pour la retirer des mains de Mme de Villette. Cette fois, il fallut céder, et Françoise quitta tristement sa tante pour entrer chez Mme de Neuillant.

« Sa nouvelle protectrice ne négligea rien pour l'instruire dans la vraie religion ; mais elle rencontra une opiniâtreté désespérante. Comme cette enfant montrait déjà beaucoup d'esprit, elle chargea un respectable ecclésiastique, curé d'une paroisse de Niort, d'avoir avec elle des entretiens et d'essayer de la convaincre par le raisonnement. Françoise voulait d'abord tenir tête au curé, et disputer avec lui ; mais bientôt, forcée de s'avouer vaincue, elle lui disait : « Je ne sais que répondre, j'en conviens, à vos arguments, parce que vous êtes plus savant que moi ; mais voilà un livre, ajoutait-elle en montrant la Bible, qui est encore plus savant que vous, et je ne trouve point dans ce livre ce que vous dites. »

« Tant d'obstination piqua Mme de Neuillant. Après avoir inutilement employé la douceur et les caresses, on espéra la vaincre par les humiliations et par les duretés : on la confondit avec les domestiques, on la chargea des détails les plus bas de la maison. « Je commandais dans la basse-cour, a-t-elle souvent dit depuis, et c'est par là que mon règne a commencé. »

« Tantôt elle aidait le cocher à panser les chevaux ; tantôt elle briguait l'honneur de peigner les cheveux gras d'une grosse paysanne, sa gouvernante, qui avait mis un tel prix à cette faveur, que la pauvre petite pleurait fort quand elle en était privée. Tous les matins, un *loup* sur le visage pour conserver son teint (vous savez, mes enfants, qu'on donnait le nom de loup à un masque de velours dont les dames ont fait usage pendant la plus grande partie du xviie siècle), un chapeau de paille sur la tête, une gaule à la main et un petit panier au bras, Françoise allait garder les dindons, avec défense de toucher au panier, où était son déjeuner, avant d'avoir appris par cœur cinq quatrains de Pibrac.

— Il faut avouer, bonne maman, dit Clotilde, que voilà un singulier costume et de singulières fonctions pour une personne qui devait un jour, nous avez-vous dit, occuper un rang distingué dans le monde.

— Pour moi, je pense, ajouta Jeanne, que ces humiliations étaient des moyens peu convenables pour agir sur un caractère comme celui de Françoise.

— C'est aussi, reprit Mme de Civray, l'observation que des personnes respectables firent à Mme de Neuillant, en l'engageant à mettre sa jeune parente au couvent des Ursulines de Niort. Elle était assez de cet avis ; mais Mme de Neuillant, quoique très-riche, était fort avare et ne voulait pas payer la pension.

On eut recours encore à Mme de
Villette, et, ce qui vous paraîtra
peut-être extraordinaire, mes enfants, c'est que cette dame consen-
tit à payer la pension.

— Oh! certainement, dit Jeanne,
cela me paraît bien extraordinaire.
Comment! Mme de Villette, qui ne
voulait pas rendre sa nièce à sa
mère dans la crainte qu'elle ne re-
nonçât au calvinisme, consent à
payer sa pension dans un couvent
où on la met tout exprès pour déci-
der sa conversion! Il me semblerait,
d'après cela, que cette dame n'était
pas dans le fond très attachée à sa
religion.

— Vous pourriez vous tromper,

mes enfants, sur les motifs qui diri-
gèrent la conduite de Mme de Villette
dans cette circonstance; mais, avant
de vous les exposer, reconnaissons
tout d'abord qu'il y avait là un acte
de générosité fort louable, et qui
fait honneur au bon cœur de cette
dame; quant à penser que sa nièce
se convertirait au couvent, elle ne
le croyait pas. Elle connaissait son
caractère entier et ferme jusqu'à
l'entêtement; elle savait avec quelle
ténacité elle avait résisté aux exhor-
tations d'un savant ecclésiastique,
aux caresses et aux duretés de sa
parente. Elle avait toujours entre-
tenu une correspondance secrète
avec sa nièce, et l'avait engagée à

persévérer avec constance dans sa foi. Tous les sectaires de Niort étaient fiers de cette fermeté de la petite-fille d'un de leurs anciens chefs, et ni eux, ni Mme de Villette, ne pouvaient supposer que des *béguines bigotes,* comme ils appelaient les religieuses, auraient plus d'empire sur l'esprit de cette jeune fille que sa mère, que Mme de Neuillant et qu'un savant théologien. En la mettant au couvent, on ne faisait que la sortir de l'état d'abjection où l'avait réduite la persécution de sa parente, et cette nouvelle obligation qu'elle aurait à sa tante ne ferait que l'affermir dans sa foi. »

V

« Ce calcul paraissait fondé, et l'on put croire d'abord qu'il serait réalisé en tout point. Françoise, prévenue par sa tante, ne fit aucune difficulté quand on voulut la conduire au couvent. Mais laissons-la raconter elle-même cette circonstance de sa vie.

« J'avais, dit-elle dans ses lettres, une parente au couvent des Ursulines de Niort; on me proposa de l'aller voir, et de l'embrasser à la porte de la clôture. J'y allai de bon cœur; mais comme je savais qu'on m'y voulait laisser, dès que la porte fut ouverte, au lieu de m'amuser à saluer ma parente, je me lançai dans le couvent pour qu'on n'eût pas la peine de me dire d'y entrer.

« La plupart des religieuses firent alors chacune leur scène en me rencontrant : l'une s'enfuyait, l'autre me faisait une grimace, la troisième me disait : « Ma petite, la première fois que vous irez à la messe, je vous donnerai un *agnus*; » j'étais déjà assez grande, et je les trouvais si ridicules, qu'elles m'étaient insupportables. Ni leurs frayeurs, ni leurs promesses ne me faisaient impression, et je ne me souciais point du tout de leurs images. »

« Vous voyez, mes enfants, qu'avec un pareil système, la conversion de Françoise ne se serait pas facilement opérée, et que les prévisions de sa tante et des huguenots de Niort auraient bien pu se réaliser. Mais Dieu sans doute avait des vues sur cette enfant « qu'il n'avait pas retirée pour si peu d'un péril imminent de mort, » selon l'expression de l'évêque de Metz. Écoutons la suite de son récit :

« Je tombai heureusement entre les mains d'une maîtresse pleine d'esprit et de raison , qui me gagna par sa politesse et sa bonté; elle ne me faisait aucun reproche , me laissait libre dans l'exercice de ma religion, ne me forçait point à aller faire mes prières dans l'oratoire commun, où il y avait plusieurs images, non plus que d'aller à la messe; mais en même temps elle me faisait instruire à fond de la religion catholique. »

« C'était précisément cette instruction qui avait manqué à Françoise, et qui lui fut donnée avec douceur et d'une manière appropriée à son caractère. On ne lui disait pas d'un ton sentencieux : voilà ce que vous devez croire; voilà ce que vous devez rejeter; mais on lui présentait d'une manière simple, et sans employer les subtilités de la scolastique, des arguments à sa portée pour établir telle ou telle vérité de la religion, et son esprit, naturellement droit et sain, ne pouvait s'empêcher d'en reconnaître la justesse.

« Peu à peu, à mesure que son esprit s'éclairait, elle rougit de son ignorance et ne put s'empêcher d'avouer que c'était plus par entêtement et par orgueil que par conviction qu'elle s'était si fort attachée au protestantisme. Bientôt son cœur fut touché par un rayon de la grâce divine, et non-seulement elle crut, mais elle aima cette belle et sainte religion catholique, contre laquelle

elle avait tant d'éloignement parce qu'elle ne la connaissait pas; elle crut avec une foi vive et ses dogmes et ses mystères les plus incompréhensibles, et dès lors elle prit du goût pour ses touchantes et pompeuses cérémonies, qui ne lui inspiraient naguère que du dédain. Enfin, comme elle le dit elle-même plus tard, elle fit son abjuration avec une entière connaissance de la portée de cet acte, et avec une pleine liberté.

« A compter de ce jour, Françoise devint une catholique sincère, zélée, et sa ferveur se soutint jusqu'à la fin de sa vie.

« Elle ne fut point arrêtée dans

cette détermination importante par la crainte de déplaire à sa tante, Mme de Villette, ni par les conséquences qui devaient être la suite de son mécontentement. En effet, cette dame, en apprenant la conversion de sa nièce, déclara qu'elle cesserait désormais de payer sa pension et de pourvoir à son entretien, comme elle l'avait fait jusque-là.

« Les Ursulines de Niort se virent forcées de la rendre à sa mère, qui trouva moyen de la placer aux Ursulines de la rue Saint-Jacques à Paris.

« Dans cette maison, elle ne fit que s'affermir dans la foi et dans la piété. Elle y fit sa première com—

munion, après s'y être préparée de manière à bien comprendre toute la grandeur de l'acte qu'elle allait accomplir. A cette occasion, et quand elle prononça la rénovation des vœux du baptême, elle fit une nouvelle et solennelle abjuration de la religion protestante, en même temps qu'elle faisait une solennelle profession de la foi catholique.

« Dans cette journée elle édifia tous ceux qui furent témoins de sa piété et de sa ferveur; et, à compter de ce moment, elle gagna si bien par sa douceur et sa complaisance le cœur des religieuses et des pensionnaires, qu'on put juger dès lors à quel point elle aurait le talent de se faire aimer.

« Quelque temps après, la baronne, qui habitait Paris depuis que sa fille était chez les Ursulines de la rue Saint-Jacques, et qui continuait à solliciter pour ses procès dont elle ne pouvait voir la fin, résolut de les terminer par un arrangement amiable. Elle céda à M. de Sansac, un de ses parents, la terre de Surineau, moyennant deux cents livres de pension qu'il s'engagea de lui payer. Elle fut si pénétrée de douleur de cette cession forcée des droits de ses enfants, qu'elle en eut une maladie dont elle mourut.

« Après la mort de sa mère, Françoise retourna en Poitou avec Mme de Neuillant. Elle resta pendant trois mois enfermée dans une petite chambre à Niort, moins occupée de sa misère que de sa douleur. On ne l'avait cependant pas oubliée à Paris, où elle avait laissé plusieurs amies de son âge qui s'intéressaient vivement à son sort ; elle avait surtout inspiré un tendre attachement à une demoiselle de Saint-Hermant, qui lui donna de douces consolations au moment de la perte de sa mère, et qui reçut d'elle cette réponse :

De Niort, 1650.

« Mademoiselle, vous m'écrivez des choses trop flatteuses..... Je ne

regretterais point Paris si vous n'y
étiez pas; vous effacez tout ce qui
m'y a plu; je n'oublierai jamais les
larmes que vous avez versées avec
moi, et toutes les fois que j'y pense,
j'en verse encore. Je m'assieds avec
un plaisir toujours nouveau sur cette
chaise que vous avez travaillée de
vos mains, et quand je veux écrire,
je ne suis contente ni de mes expres-
sions ni de mes pensées, si je ne me
sers pas de vos plumes et de votre
papier. Je vous prie, Mademoiselle,
de me dispenser de vous l'envoyer
tout écrit; je n'ai ni assez de courage ni assez d'esprit pour cela.....
J'aime bien Mlle de Neuillant; je
vous prie de le lui dire et de la

remercier du service qu'elle m'a rendu en me donnant en vous une amie qui me consolerait de la perte de ma mère, si quelque chose pouvait en consoler. »

« Vous voyez, mes enfants, par la date de cette lettre, que Françoise avait quinze ans quand elle l'écrivit. C'était presque une grande fille, ainsi l'histoire que je vous ai promise de l'enfance d'une femme célèbre est terminée.

— Déjà! s'écria Jeanne; oh! mais il doit y avoir encore des choses bien intéressantes dans l'histoire de cette jeune personne, que vous devriez bien nous raconter; et puis vous ne nous avez pas encore dit son vrai nom.

— Le reste de son histoire serait beaucoup trop long, et je me bornerai à vous en indiquer les traits les plus saillants ; d'ailleurs vous en trouverez les détails les plus importants dans l'histoire de Louis XIV ; car la petite Françoise, l'enfant sauvée si miraculeusement sur mer, la petite gardeuse de dindons, est devenue l'épouse légitime du grand roi, et pendant trente ans a joui, sans en avoir le titre, de toutes les prérogatives et de la puissance d'une reine.

— Comment ! reprit Jeanne vivement, c'était donc Mme de Maintenon ?

« —Oui, mon enfant, c'était Françoise d'Aubigné, marquise de Maintenon, fille de Constant d'Aubigné,
baron de Surineau, et petite-fille
de Théodore-Agrippa d'Aubigné,
un des amis les plus dévoués de
Henri IV. Mais en voilà assez pour
aujourd'hui; ce qui me reste à vous
dire de cette dame sera l'objet d'un
second entretien. »

VI

Le lendemain, Mme de Civray reprit en ces termes la suite de son récit :

« Vous savez, mes enfants, que j'ai été élevée dans la maison de Saint-Louis, à Saint-Cyr, fondée par Mme de Maintenon ; je n'en suis sortie qu'à la Révolution, quand cette maison a été fermée, en 1791.

« La mémoire de notre fondatrice était, comme vous le pensez bien, en grande vénération parmi nous. Les principaux événements de sa vie et tout ce qui avait trait à son enfance s'étaient conservés par la tradition dans cette maison, et c'est dans ces souvenirs que j'ai puisé la plupart des faits que je vous ai racontés, comme j'y puiserai ce que j'ai encore à vous dire.

« Mme de Neuillant ramena à Paris Mlle d'Aubigné (que j'appellerai désormais de ce nom jusqu'à son premier mariage). Elle la conduisit dans ses sociétés ordinaires, soit pour la former, soit pour la produire. Mlle d'Aubigné était remarquablement belle, et Mme de Neuillant se parait en public de sa beauté, tandis que dans le particulier elle lui faisait sentir tout ce que sa dépendance avait de cruel. Cependant ses grâces et ses charmes attiraient partout les regards; mais elle avait déjà une réserve et une dignité naturelles qui protégeaient son âge et sa beauté, et forçaient tout le monde à ne l'approcher qu'avec respect. Les malheurs de sa famille, les vicissitudes de sa vie à peine commencée, et l'incertitude de son avenir, avaient hâté pour elle le temps de la maturité et de la réflexion, et jeté comme une teinte de gravité

sur sa jeunesse, qui y trouvait
une défense de plus. Elle semblait
ignorer qu'elle fût belle, et ne paraissait occupée que de son chagrin. Elle parlait peu, mais assez
pour que sa raison précoce frappât
tous ceux qui l'approchaient, in-
téressés déjà par ce qu'on savait de
son histoire; on contait diverse-
ment les aventures de la jeune
orpheline; on la croyait née en
Amérique, et par cette raison on
ne la désignait que sous le nom
de la *jeune* ou de la *belle Indienne.*

« Entre autres sociétés où Mme de
Neuillant avait présenté sa pupille,
elle l'avait conduite chez Scarron,
où se réunissait tout ce que la ville

et la cour présentaient de plus spirituel. Scarron était difforme : des infirmités prématurées l'avaient rendu impotent ; mais son esprit n'avait rien perdu de son enjouement ; le burlesque, aujourd'hui synonyme du ridicule, amusait encore la bonne compagnie : ce poëte était d'ailleurs d'une famille de robe ancienne et considérée. Touché de la pénible situation où il voyait Mlle d'Aubigné, et voulant la soustraire à la dépendance de sa parente, il lui offrit de payer sa dot, si elle voulait entrer en religion, ou bien de l'épouser ; lui faisant sentir, qu'en présence de la misère qui la menaçait, il n'y avait pour elle que l'un ou l'autre de ces deux moyens d'échapper aux périls où l'exposaient une beauté déjà célèbre, l'isolement, l'inexpérience et la séduction. Mlle d'Aubigné ne se sentait aucune vocation pour le couvent, et Mme de Neuillant, qui ne cherchait qu'à se débarrasser de sa pupille, l'engagea à accepter la main du poëte, et le mariage fut promptement conclu.

« Mme Scarron, d'abord timide, se montra bientôt aimable et spirituelle, et donna un nouvel agrément aux réunions qui se faisaient chez son mari. Les propos en sa présence devinrent plus décents, sans rien perdre de leur gaieté. Son maintien modeste et réservé imposait aux plus hardis. « Elle passait ses carêmes, dit Mme de Caylus, à manger un hareng au bout de la table, et se retirait aussitôt dans sa chambre, parce qu'elle avait compris qu'une conduite moins exacte et moins austère, à l'âge où elle était, ferait que la licence de cette jeunesse n'aurait plus de frein, et deviendrait préjudiciable à sa réputation. »

« Cette époque fut pour elle le premier temps, sinon du bonheur, du moins du repos et de la tranquillité. Elle le sentit vivement à la mort de Scarron, arrivée en

1660, car les inquiétudes de son ancienne position se renouvelèrent, et la pauvreté sembla encore la menacer. La reine mère, informée de la situation où elle se trouvait, et touchée de sa vertu et du malheur d'une personne de condition réduite à une si grande pauvreté, lui continua la pension qu'elle faisait à son mari, et même l'augmenta de cinq cents livres, c'est-à-dire qu'elle la porta à deux mille livres de quinze cents qu'elle était.

« En recevant ce bienfait de la reine, Mme Scarron écrivait à Mme la maréchale d'Albret : « J'ai bien promis à Dieu de donner aux pauvres le quart de ma pension ; ces cinq cents livres de plus que n'avait M. Scarron leur sont dues en bonne morale. » Elle se retira au couvent des Hospitalières de la place Royale, où, tout en vivant d'une manière convenable à son rang, elle trouvait le moyen de faire de grandes aumônes.

« La mort de la reine mère vint, en 1666, la rejeter dans l'indigence. A la sollicitation de ses amis, elle adressa plusieurs placets au roi pour demander la continuation de la pension que lui faisait la reine. Ils ne furent pas accueillis.

« N'espérant plus obtenir en France une existence convenable,

Mme Scarron écouta la proposition qu'on lui fit de l'attacher à la princesse de Nemours, qui allait épouser Alphonse VI, roi de Portugal : tout était disposé pour le voyage ; mais avant de s'expatrier, Mme de Thianges voulut la présenter à sa sœur, Mme de Montespan, dame d'honneur de la reine. Celle-ci l'engagea à rédiger un nouveau placet qu'elle se chargerait de présenter elle – même au roi.

« Cette fois la demande fut accueillie, la pension accordée et le voyage de Portugal rompu. Mme Scarron, présentée par sa bienfaitrice, vint témoigner sa reconnaissance à Louis XIV, qui, joignant la grâce au bienfait, lui dit : « Madame, je vous ai fait attendre longtemps; mais vous avez tant d'amis, que j'ai voulu avoir seul ce mérite auprès de vous. »

VII

« Trois ans après, Mme Scarron
fut choisie par le roi pour être
gouvernante du duc du Maine ainsi
que du frère et des sœurs de ce
prince. Elle s'acquitta de cette tâche
de manière à fixer l'attention et
l'estime de Louis XIV. Un jour
le petit duc du Maine répondit au
roi, qui jouait avec lui, et qui lui
avait dit : « Vous êtes bien raison-

nable ! — Il faut bien que je le sois ; j'ai une gouvernante qui est la raison même. — Allez, reprit le roi charmé de la réponse, allez lui dire que vous lui donnerez cent mille francs ce soir pour vos dragées. » Elle profita de ces bienfaits pour acheter la terre de Maintenon, et, peu de jours après le roi l'ayant appelée Mme de Maintenon, elle n'a plus porté d'autre nom depuis.

« Ce monarque, qui d'abord ne pouvait pas s'accoutumer à elle, passa de l'aversion à la confiance, et de la confiance à l'affection. Il lui donna la place de dame d'atours de Mme la Dauphine, et pensa bientôt à l'élever plus haut. Le prince était résolu à rompre tout attachement où la conscience et l'exemple qu'il devait à ses sujets pouvaient être compromis. Il voulait mêler aux fatigues du gouvernement les douceurs innocentes d'une vie privée. L'esprit doux et conciliant de Mme de Maintenon lui promettait une compagne agréable et une confidente sûre. Elle avait trop de vertu pour prendre la qualité de simple favorite, et trop peu de naissance pour pouvoir aspirer au titre de reine. Ce titre lui manqua, elle eut tout le reste. Un mariage secret, mais revêtu de toutes les formalités de l'Église,

consacra leur union. La bénédic-
tion nuptiale fut donnée, vers la
fin de 1685, par Mgr de Harlay,
archevêque de Paris, en présence
du père Lachaise, confesseur du
roi, et de Montchevreuil, du cheva-
lier de Forbin et de Bontemps, valet
de chambre du roi, qui assistèrent
à la cérémonie comme témoins.

« A partir de ce moment Mme de
Maintenon eut, dans le particulier,
toutes les prérogatives et les ho-
norables distinctions qui ne pouvaient appartenir qu'à l'épouse du
roi. Elle occupait, au haut du grand
escalier de Versailles, un appar-
tement de plain-pied avec celui
de Louis XIV, et se plaçait à la

chapelle dans la tribune réservée à la reine. Le roi ne l'appelait que *Madame*, et, par le respect qu'il lui témoignait, il en donnait l'exemple à tous. Mais, en public, Mme de Maintenon ne prenait aucun rang; elle n'était plus qu'une personne de la cour.

« Par un retour naturel sur elle-même, les premières pensées de Mme de Maintenon, quand elle se vit à un si haut point d'élévation, se portèrent sur les demoiselles nobles et sans fortune. Elle en avait accueilli, en 1679, un certain nombre à Ruel dans un asile modeste. Le roi lui donna, en 1683, la maison de Noisy, dans le parc de Versailles; et en 1685, voulant prendre part à une aussi belle œuvre, il fit construire à Saint-Cyr la maison de Saint-Louis, la dota de revenus considérables, et la fonda pour y élever deux cent cinquante à trois cents filles nobles et pauvres. Mme de Maintenon reçut un brevet de fondatrice; et elle fut déclarée, par le roi et par l'évêque de Chartres, supérieure perpétuelle de cette communauté, pour le temporel comme pour le spirituel. Elle-même rédigea le règlement des dames de Saint-Louis, qui a paru sous le nom et avec l'autorité de l'évêque de Chartres.

« Elle se réserva un apparte-
ment dans cette maison, et souvent elle venait s'y reposer des fatigues de la cour. Elle aimait à
surveiller l'éducation des demoiselles ; quelquefois même elle s'en
occupait, et ne craignait pas de
descendre dans les plus petits détails. « Rien ne m'est plus cher
que mes enfants de Saint-Cyr,
écrivait-elle, j'en aime tout, jusqu'à leur poussière. Je m'offre avec
tous mes gens pour les servir, et
je n'aurais nulle peine à être leur
servante, pourvu que mes soins
leur apprennent à s'en passer. »

« Racine, à sa prière, composa,
pour Saint-Cyr, *Esther* et *Atha-*

lie, deux poëmes dramatiques, deux chefs-d'œuvre, le dernier surtout, qui n'a peut-être rien de comparable dans aucune langue.

« Devenue l'épouse de Louis XIV, Mme de Maintenon fut admise dans les secrets de l'État. Le roi travaillait chez elle avec ses ministres, pendant qu'elle s'occupait à la lecture, ou à quelque ouvrage de main, ne s'empressant jamais de parler d'affaires d'État, paraissant les ignorer, et rejetant bien loin ce qui avait la moindre apparence d'intrigue et de cabale ; seulement le roi lui demandait quelquefois son avis en ces termes : « Qu'en pense votre *solidité* ? » ou, s'il n'était pas d'accord avec son ministre, il disait en se retournant vers Mme de Maintenon : « Consultons la *raison.* » Cependant, malgré sa réserve, elle eut sur les affaires publiques une certaine influence, mais moins considérable que ne l'ont prétendu bien des gens et surtout ses ennemis, qui lui ont attribué tous les malheurs de la fin du règne de Louis XIV.

« Un homme, un prince qui était plus à même de la juger qu'aucun de ceux qui ont voulu le faire, le dauphin, duc de Bourgogne, esprit juste et solide, et dont le témoignage doit l'emporter sur tout autre, nous a laissé de

Mme de Maintenon ce portrait par-
ticulièrement remarquable :

« Une femme que la Providence
« élève au-dessus de son état, et
« qui ne se méconnaît pas ; une
« femme qui se voit au comble
« de la faveur et n'a point d'am-
« bition, qui n'a de richesse que
« pour secourir les malheureux,
« de crédit que pour les protéger ;
« une femme qui ne donna jamais
« que des conseils pleins de sa-
« gesse, et qui ne craint rien tant
« que d'en donner ; qui serait ca-
« pable de conduire les plus grandes
« affaires, et qui ne voit de grande
« affaire pour elle-même que celle
« de son salut. »

VIII

« Arrivée au comble des grandeurs, elle dut éprouver quelques jouissances ; sa vanité dut être satisfaite ; mais ce bonheur fut de courte durée. Écoutons ce qu'elle dit elle-même dans un épanchement de cœur : « J'étais née ambitieuse ; je combattais ce penchant : quand les désirs que je n'avais plus furent remplis, je me crus heureuse; mais cette ivresse ne dura que trois semaines. »

« Elle était plus occupée de complaire à celui qui gouvernait que de gouverner : et cette servitude continuelle, dans un âge avancé, lui fit bientôt regretter le calme et la liberté d'une vie privée et même l'état d'indigence qu'elle avait éprouvé dans sa jeunesse. Elle a bien peint l'état de son âme dans une lettre adressée à Mme de la Maisonfort, et qui suffirait seule, a dit un grand écrivain, pour désabuser les ambitieux :

« Que ne puis-je vous faire voir l'ennui qui dévore les grands !.....

Ne voyez-vous pas que je meurs de tristesse dans une fortune qu'on aurait eu peine à imaginer, et qu'il n'y a que le secours de Dieu qui m'empêche d'y succomber? J'ai été jeune et jolie; j'ai goûté des plaisirs; j'ai été aimée partout dans un âge un peu plus avancé; j'ai passé des années dans le commerce de l'esprit; je suis venue à la faveur, et je vous proteste que tous les états laissent un vide affreux, une inquiétude, une lassitude, une envie de connaître autre chose, parce qu'en tout cela rien ne satisfait entièrement. »

« Mais je ne puis résister, mes

enfants, au plaisir de vous lire un extrait d'un de ces entretiens remarquables qu'elle avait à Saint-Cyr avec quelques personnes intimes, lorsqu'elle venait y passer quelques jours de retraite. Vous y verrez en peu de mots le résumé de sa vie, et son âme se dévoiler en entier.

« Je vais vous dire, ma chère fille, ce que j'écrivais tout à l'heure à une femme de la cour : « Vous « serez la plus malheureuse per- « sonne du monde, si vous ne « vous jetez tout entière du côté « de Dieu. » En effet, cette vie est remplie de misère; tout ce qu'on y voit n'est que tristesse et ennui. J'en excepte pourtant la retraite.

Car, en vérité, on y est heureux. En quittant le monde, on quitte une maison qui tombe en ruines, et qui accable de ses débris ceux qui y logent. Ne croyez pas qu'on puisse être vertueux sans souffrir. Il faut compter sur des peines et des privations de toute espèce. Elles sont l'apanage de la vie humaine et le gage de la vie éternelle. En quelque état qu'on soit, qu'on est à plaindre de ne pas souffrir! Mais il faut profiter des souffrances pour aller à Dieu. Il est si bon, qu'il s'accommode de tout, et de ceux mêmes qui sont conduits à lui par les malheurs les plus mérités.....

« J'aime fort le vœu de ce solitaire qui souhaitait de n'être pas une heure sans souffrir. Rien n'exerce plus l'âme ; rien ne lui donne plus d'aptitude à goûter ces plaisirs qui l'attendent dans un autre monde. Les saintes maximes de notre religion, les bons exemples nous encouragent, nous autres faibles, à porter aussi notre croix. J'ai été longtemps sans comprendre cette nécessité de la souffrance pour faire son salut. Ce n'est pas que j'ignorasse sur quel fondement on l'appuyait. J'en entendais souvent parler, et j'en étais fort inquiète, parce qu'un retour sur moi-même m'avertissait que je ne souffrais rien. Tout le temps de ma jeunesse a été fort agréable : je n'avais nulle ambition, ni aucune de ces passions qui auraient pu troubler le penchant que j'avais à ce fantôme de bonheur. Car quoique j'aie éprouvé de la pauvreté et passé par des états bien différents de celui où vous me voyez, j'étais contente et heureuse. Je ne connaissais ni le chagrin ni l'ennui. J'étais libre......

« — Je crois, Madame, lui dit son interlocutrice, que vous aviez déjà de la piété dès ce temps-là ?

« — Hélas ! guère, par malheur, dit-elle. J'avais un grand fonds de religion, qui m'empêchait de faire aucun mal, qui m'éloignait de toute faiblesse, qui me faisait haïr tout ce qui pouvait m'attirer le mépris. Du reste, je ne pensais guère à Dieu. Et en réfléchissant sur ma vie, je remarque que les pas que j'ai faits vers la piété ont toujours été à mesure que ma fortune est devenue meilleure; tous les degrés de prospérité et de faveur ont été suivis de quelques progrès dans cette vertu. On y est communément porté par les malheurs et les disgrâces; j'y ai été portée par les avantages de la fortune. Plus ils se sont augmentés et affermis, plus je me suis donnée à Dieu; et j'ai toujours reconnu, ce me semble,

que tout ce qui m'est arrivé était
son ouvrage, ne l'ayant point re-
cherché, m'y étant tout au plus
prêtée. On ne pourra jamais le
croire ; cependant rien n'est si vrai.
Mais comme le Ciel est admirable
en tout ce qu'il fait, il a trouvé
le secret, au milieu de toute cette
pompe, et, pour ainsi dire, de cette
incompréhensible élévation, de me
laisser une sensibilité qui me fait
entrer dans les peines des autres
comme si c'étaient mes peines, et
qui me fait une affliction de toutes
les afflictions générales et parti-
culières. Cela, joint à une in-
finité d'autres désagréments, me
rend ma place insupportable. Sen-

sibilité, ajouta-t-elle en riant, qu'il me laisse comme par malice. »

« Puis, reprenant un air sérieux, elle dit : « Cependant ces peines mêmes sont de nouvelles grâces de Dieu, dont je ne puis trop le remercier, quoiqu'elles me fassent trembler. Car enfin ce n'est pas sa coutume de nous sauver par les richesses et par les honneurs, mais par la privation des choses nécessaires, par l'écrasement de l'amour-propre et par les mépris, par les douleurs, par les calomnies. Je n'éprouve presque rien de tout cela. Quand je repasse ma vie, je trouve qu'il en a toujours été de même. Car premièrement, dans mes tendres années, j'étais ce qu'on appelle une bonne enfant ; tout le monde m'aimait : il n'y avait pas jusqu'aux domestiques de ma tante qui ne fussent charmés de moi. Plus grande, je fus mise dans des couvents : vous savez combien j'y étais chérie de mes maîtresses et de mes compagnes, toujours par la même raison, parce que je ne songeais du matin au soir qu'à les servir et à les obliger. Lorsque je fus avec *ce pauvre estropié* (Scarron), je me trouvai dans le beau monde, où je fus recherchée et estimée. Les femmes m'aimaient, parce que j'étais douce dans la société, et que je m'occupais beaucoup plus des autres que de moi-même. Les hommes me suivaient, parce que j'avais de la beauté et les grâces de la jeunesse. J'ai vu de tout, mais toujours de façon à me faire une réputation sans reproche... Je ne voulais point être aimée en particulier de qui que ce fût : je voulais l'être de tout le monde, faire prononcer mon nom avec admiration et avec respect, jouer un beau personnage, et surtout être approuvée par les gens de bien. C'était mon idole. J'en suis peut-être punie présentement par l'excès de ma faveur, comme si Dieu m'eût dit dans sa colère : « Tu veux de la gloire

et des louanges; eh bien, tu en
auras jusqu'à en être rassasiée. »

« Quand je commençai à n'être
plus si jeune, ces grands empres-
sements que le monde avait pour
moi diminuèrent un peu. Mais en
même temps commença ma faveur.
Il n'y eut point d'intervalle. A
peine le monde fit-il un vide au-
tour de moi, que la cour le rem-
plit. Je commençai à faire figure;
et une conduite toujours au-dessus du soupçon me conserva l'estime publique. Il n'est rien que je
n'eusse été capable de tenter et de
souffrir pour acquérir le nom de
femme forte. Je me contrariais dans
tous mes goûts. Mais cela me coû-

3*

tait peu, quand j'envisageais ces louanges et cette réputation qui devaient être les fruits de ma contrainte. C'était ma folie. Je ne me souciais point de richesses. J'étais élevée de cent piques au-dessus de l'intérêt. Je voulais de l'honneur. Oh ! dites-moi, ma fille, y a-t-il rien de plus opposé à la vraie vertu, que cet orgueil dans lequel j'ai usé ma jeunesse ? C'est le péché de Lucifer, et le plus sévèrement puni par ce Dieu jaloux, qui se plaît à résister aux superbes. Enfin, pour achever ce que j'ai commencé, cette faveur, si singulière en tout, a toujours été en croissant : et la confiance qu'on a eue

en moi a pris tous les jours de nouvelles racines. Les bonnes œuvres
se sont présentées, je les ai
saisies. J'ai contribué à l'établis-
sement de Saint-Cyr, où je suis,
comme partout ailleurs, respectée,
chérie, écoutée. Voyez quelle chaîne
de bonheur, et si, à en juger par
les apparences, Mme la duchesse
de Chaulnes n'avait pas raison de
dire : *Jour de Dieu! l'heureuse
femme!*

« — Mais, Madame, observa son
interlocutrice, au milieu de tout
cela, vous avez eu tant de choses
à souffrir!

« — Beaucoup, dit-elle ; mais
je ne laisse pas de craindre tou-

jours de n'avoir pas assez souffert. Je vois cependant avec reconnaissance que Dieu m'a soutenue d'une manière surprenante dans toutes les périodes de ma vie. Sans son secours spécial, je n'aurais pu supporter ma prospérité : j'avais bien porté mon adversité : adversité!...» répéta-t-elle en riant. Puis elle ajouta en se retirant : « Sauvons-nous, ma fille, sauvons-nous. Il n'y a que cela de bon. Croyez-en une personne qui a goûté de tout (1). »

« Je vous engage, mes chères

(1) *Entretien de M*^{me} *de Maintenon à Saint-Cyr.* IVe Entretien.

enfants, dit Mme de Civray, quand elle eut terminé cette lecture, je vous engage à relire souvent cet entretien, où vous trouverez des leçons de morale que toute jeune fille chrétienne devrait avoir sans cesse présentes à l'esprit. Vous y apprendrez surtout que le respect de soi-même, accompagné d'un grand fonds de religion, est, pour une jeune personne, un préservatif assuré contre les séductions du monde, en ayant soin toutefois que ce sentiment ne dégénère pas en orgueil.

« A la mort du roi, arrivée en 1715, Mme de Maintenon se retira tout à fait à Saint-Cyr, où elle

donna l'exemple de toutes les vertus. Tantôt elle instruisait les no-
vices, tantôt elle partageait avec
les maîtresses des classes les soins
pénibles de l'éducation. Souvent
elle avait des demoiselles dans sa
chambre, et leur enseignait les
éléments de la religion, à lire, à
écrire, à travailler, avec la douceur et la patience qu'on a pour
tout ce qu'on fait par religion et
par les goûts qu'elle inspire. La
veuve de Louis XIV assistait ré-
gulièrement aux récréations, était
de tous les jeux et en inventait
elle-même. Cette femme illustre
mourut le 15 avril 1719, à quatre-
vingt-quatre ans, pleurée de tout

Saint-Cyr dont elle était la mère,
et des pauvres dont elle était la plus
généreuse bienfaitrice. »

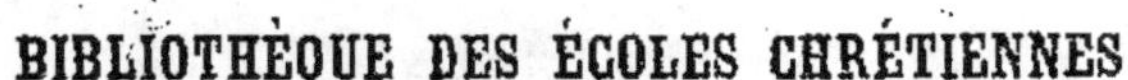

BIBLIOTHÈQUE DES ÉCOLES CHRÉTIENNES

Animaux remarquables (les), par C. G.

Armande, par Mme la C^{sse} de la Rochère.

Auguste et Paul, ou la Gourmandise punie, par Stéphanie Ory.

Aveugle de Marcenay (l'), ou la Désobéissance punie, par Just Girard.

Croix de Perles (la), snivi de la Robe blanche et de les Deux Sœurs, par Mlle Gabrielle de ***

Berthilde, par Mme la C^{sse} de la Rochère.

Bonne Tante (la), par M. E.

Deux Cousines (les), suivi de une Prévention par Mlle Gabrielle de ***

Deux Marie (les), ou les Étrennes, par Stéphanie Ory.

Dix Contes pour l'Enfance, par Mme C. G.

Doigt de Dieu (le), par Ch. M.

Édouard et Henri.

Famille Bellefond (la), par Mme Fanny de Mouzay.

Françoise, ou la jeune Indienne, par Stéphanie Ory.

Honnête Ouvrier (l'), par Mme la C^{sse} de la Rochère.

Hortense, ou Grandeur et Infortune, par Stéphanie Ory.

Jeune Meunière (la), par Mme Camille Lebrun.

Laurent le Paresseux, par M. E.

Leçon de Charité (la), par Mme Fanny de Mouzay.

Leçons pour les Enfants, par Miss Barbault.

Lectures pour l'Enfance, par Mme Fanny de Mouzay.

Marcel et Justin, ou les petits Négociants, par Just Girard.

Mémoires d'une Grand'Mère (les), par Mme la V^{sse} de Saint-P**.

Norbert, ou le Danger des mauvaises plaisanteries, par Stéphanie Ory.

Petit Matelot (le), par Mme Césarie Farrenc.

Récits du vieux Soldat (les), dédiés à l'enfance.

Soirées instructives et amusantes, par Mme de ***

Tante Ursule (la), par Mme la V^{sse} de Saint-P**.

Victor et Jacques, ou les Suites de la Paresse, par J. Girard.

Voyage en Californie, par H. de Chavannes.